LAMENTATIONS

D'UN GROGNARD

SUR

LA PRISE DE CRACOVIE

PAR

GUSMAR DEUKAÜSEN.

PRIX : 25 CENTIMES.

PARIS.

CHEZ TOUS LES MARCHANDS DE NOUVEAUTÉS.

Propriété de l'auteur.

LA PRISE DE CRACOVIE.

Imp. et lith. de MAISTRASSE et WIART, rue N.-D.-des-Victoires, 16.

LAMENTATIONS

D'UN GROGNARD

SUR

LA PRISE DE CRACOVIE

PAR

GUSMAR DEUKAÜSEN.

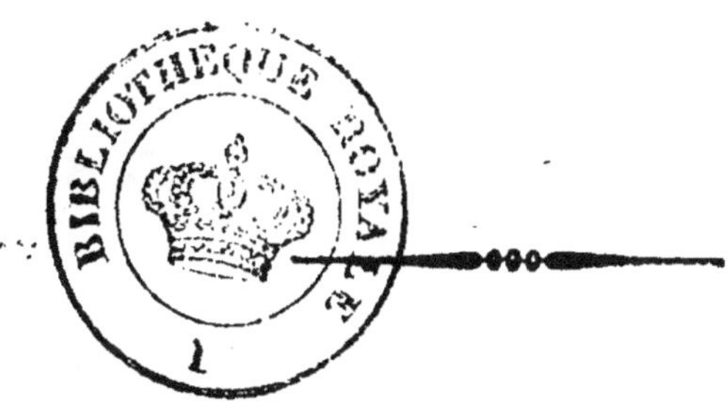

PARIS.

CHEZ TOUS LES MARCHANDS DE NOUVEAUTÉS.

Propriété de l'auteur.

1846

I.

LE GROGNARD.

France, relève-toi lorsque tes amis tombent.
Sous l'arme des tyrans les Polonais succombent !
Que ce peuple orphelin, abandonné du ciel,
Retrouve sur la terre un appui fraternel
Dans le bras qui porta le drapeau tricolore
Des plaines de Paris aux rives du Bosphore.
Les pas de tes héros ont fait en combattant
Une ceinture au monde ; et cet âge éclatant
Qui fit des rois d'Europe une troupe d'esclaves,
Verrait assassiner les enfants de ces braves,
Qui sous Napoléon, ouvriers du destin,
Vinrent grossir les rangs des vainqueurs du Kremlin !

France, relève-toi ! Fidèle à ton histoire,
Étonne l'univers d'un exemple de gloire.
Tous les cœurs généreux grandiront avec toi.
On attend à Berlin les arrêts de ton roi.
Parle... et tes légions que l'ennemi redoute,
De l'aigle impérial retrouveront la route.
Nous voilà, nous, les fils des Français d'autrefois ;
Frères, attendez-nous ! — Quoi ! personne à ma voix
Ne se lève pour vaincre ! — Où se cache la France,
Toujours prête jadis à venger une offense ?
— Elle file un suaire.

II.

O siècle de banquiers !
On ne fait plus chez nous que des exploits d'huissiers ;
Le laurier n'est plus bon qu'aux œuvres de cuisine,
Et la Bourse est le temple où la France s'incline.
C'est là que nos guerriers sont en quête d'actions
Sur les chemins de fer et les draps de Lyons,
Sur le blé que l'on vend hors de prix, à l'enchère,
Au profit d'intrigants escomptant la misère.
Ici chacun travaille à tromper ses voisins ;
Grossit ses revenus à force de larcins,
Et marchande en secret, dans l'ombre des coulisses,
Le pardon des tyrans et l'oubli des complices,

III.

Mais déjà la nuit tombe. A demain l'intérêt.
Jouissons du labeur. Sors, banquier... tout est prêt.
Sur le théâtre ouvert paraît la comédienne,
Femme d'amour illustre, en oripeaux de reine,
Épousant au hasard, tous les jours, à prix d'or,
Les amants qu'elle trouve à l'ombre d'un décor.
Mais avec tes bijoux, fière de tes largesses,
Elle fait admirer l'éclat de tes richesses ;
Sa beauté nous captive, elle attire les yeux,
Et sème autour de toi la foule d'envieux.
Chacun tâche d'écrire en lettres différentes,
Partout et comme il peut le chiffre de ses rentes.
On relève l'éclat d'un mérite inconnu
Par le faux appareil d'un douteux revenu.
C'est la mode. Le riche, avide d'étalage,
Attèle à sa fortune un brillant équipage,
Promène au boulévard quatre chevaux anglais,
Vingt amis qu'il nourrit, bon nombre de laquais,
Quelque artiste incompris, Apollon domestique
Pour faire des bons mots et de l'arithmétique,
Puis enfin une femme, actrice de renom,
Qu'on insulte d'en bas, complète le blason
Du bourgeois parvenu que maintenant on nomme
Avocat ou banquier, notaire ou gentilhomme...

IV.

La France fait l'amour, fume et boit le café.
Dans un loisir honteux son courage étouffé
Ne livre des combats qu'aux rivaux de coulisse
Pour avoir à l'enchère une brillante actrice.
Qui donc parle de guerre? Un journal soudoyé,
Qu'un jaloux, du pouvoir un moment renvoyé,
Rédige au cabinet en forme de satire,
Pour monter dans l'état où son orgueil aspire.
Car voilà le grand mal de ce gouvernement :
La presse se divise et combat vainement;
Toute lutte est stérile, aussi dans cette ornière,
Loin d'aller en avant nous marchons en arrière.
    Race de courtisans, fils de comédiens,
Vous reste-il du cœur? portez aux Autrichiens
Les courageux défis qu'une plume exaltée
Rédige, et que le bras soutient avec l'épée.
    Ainsi voilà la France, un état libre et fort,
Et voilà ce qu'il fait lâchement, sans remord,
Tandis qu'à l'horizon s'achève la ruine
Des derniers Polonais, peuple qu'on assassine.
    Personne ne se lève, et mon vers méconnu
Retombe sans écho sur un peuple vendu !

V.

Ceux qui sont au pouvoir pensent-ils à la France?
Écoutent-ils ses cris? Leur unique espérance
Est de rester cloués dans les vastes palais
Où ces ambitieux sont nourris à nos frais.
C'est entr'eux tous les jours guerre de portefeuille.
Tremblez!... pour vous juger la France se recueille.

Cunin, ancien marchand, pouvait avec honneur
Du commerce français être le protecteur.
Mais comment remplit-il cette tâche imposée?
Quelle innovation a-t-il favorisée?
Quels encouragements? A cet homme d'état,
S'il faut pour voiturer son fiacre d'apparat
Des coursiers vigoureux, il prend avec mystère
Des chevaux qu'il paiera douze cents francs la paire (1).
L'industrie aux abois chaque jour dépérit;
En voyant son passif le commerçant pâlit,
Il ne peut écouler les produits qu'il fabrique
Et pourtant le front haut, et d'un style emphatique,

(1) Historique.

Cunin vante l'éclat de nos relations
Qui ne sont rien, hélas, que des illusions!

Duchâtel doit compter au nombre de ces hommes
Qui n'étant rien font tout dans le monde où nous sommes,
Son seul talent consiste à savoir allaiter
Un candidat ventru, qui puisse supporter
A force de poumons, pendant une séance,
Les cris que jette encore l'honneur en défaillance.
Pour prêter un blason à cet homme de rien,
On le nommait hier... académicien.

Dumont a pour partage un fort beau ministère,
Mais des travaux publics il ne s'occupe guère.
Le hasard seul préside à ses constructions
Qui croulent sous le poids de leurs proportions.
C'est votre œuvre, admirez! Quelle masse de pierre...!
Monuments tout nouveaux qui déjà sont à terre.

Guizot penseur profond, sublime en ses écrits,
N'a de vigueur, hélas! que dans ses manuscrits.
Comment se fait-il donc qu'un si ferme génie,
Fasse si peu de cas des vœux de la patrie,

On murmure, on s'alarme pour notre honneur français:
Lui, calme et dédaigneux, poursuit avec succès
L'œuvre d'abaissement. — La faveur populaire,
Il la tient à mépris, il la laisse au vulgaire,
Et se retranchant seul dans son immensité,
Il écrit sur son trône : IMPOPULARITÉ !

Aux coffres du royaume, ardente sentinelle,
Laplagne sait où va l'argent de la gabelle.
Et ministre économe, il gère notre bien,
En honnête tuteur et tout comme le sien.
Il n'est point égoïste. A ses côtés fourmille,
Présent d'un sort prodigue, une obscure famille.
Sur chacun vient s'abattre un emploi lucratif,
Où l'on doit n'apporter qu'un talent... négatif.
Aux uns l'on va donner quelques grasses recettes,
Les autres, très-connus par leurs nombreuses dettes,
Ont mission d'aller voir si les Musulmans
Conservent de nos jours l'usage des turbans.

Mackau, brave marin, put vaincre des corsaires.
Dans ce monde fangeux qu'on nomme les affaires
Il ne sait retrouver son antique vigueur,
Il hésite, il recule, il est le serviteur

Des maîtres du moment. Que devient la marine,
Avec un tel ministre? Hélas elle s'incline,
Vers un néant complet. De nombreux millions,
Sont cependant votés, durant les sessions.
Mais où va notre argent? Qui pourrait nous le dire?
Chacun craint la réponse et pourtant la désire.
Déployez donc au vent la voile des vaisseaux,
Impatients d'aller à des combats nouveaux.

Dans son département, d'ordinaire tranquille,
Martin est mal à l'aise. Une troupe indocile,
De prélats turbulents vient troubler son repos.
Le bonheur est pour lui sur un lit de pavots.
Et depuis qu'il régit la justice et le culte,
Nous possédons en France une justice occulte.

Salvandy, qu'on reçut dans un moment d'erreur,
Est tout ce que l'on veut excepté bon auteur.
Esprit sec et brouillon, il marqua son passage
Par des édits nouveaux qui n'atteindront pas l'âge.
De cette édition de l'antique Alonzo,
Défunt sous couverture et qu'il offre en cadeau...
Si je disais pourquoi, sa gracieuse excellence,
Me ferait condamner pour excès d'indécence,

Ah ! si notre salut dépend de Salvandy,
Nous pouvons décliner : *non sumus salvandi.*

Soult, glorieux débris ! Hélas ! l'illustre épée
N'est plus qu'un vieux fourreau : la lame est détrempée.
De Toulouse et d'Eylau, le superbe vainqueur
N'a plus qu'un seul désir, un seul amour au cœur,
De l'or, toujours de l'or, voilà son éloquence.
Il aime les louis avec concupiscence.
Cet amour malheureux le tient depuis long-temps ;
Et je pourrais citer... Arrêtons-nous à temps
Et parlons maintenant du glorieux **Molliné**
Qui fut d'abord soldat, puis fit du drame intime,
Officier sans mérite, auteur gros de revers,
De chute en chute il tombe à la Chambre de pairs.

Artisans de malheur, leur pouvoir nous arrête,
Eux, qui devraient marcher toujours à notre tête.

VI.

LE PEUPLE AU GROGNARD.

Qui donc parle de guerre et ne nous nomme pas ?
C'est parmi nous pourtant qu'on trouve des soldats,

Si nos maîtres ont peur et font la sourde oreille,
Au nom de l'étranger le peuple se réveille.
Il connaît les chemins d'où le Russe est venu,
Car c'est là qu'autrefois le peuple a combattu.
Où sont nos généraux? qui commande l'armée?
Nous voilà cinq cent mille. Allons. La Renommée,
Qui couronna jadis la gloire des aïeux,
Retrouvera chez nous des enfans dignes d'eux.
Mais quoi, l'on nous arrête et l'Etat nous rappelle!
Le pouvoir veut la paix et punit notre zèle!
Ah! la France qui laisse égorger à genoux
Le peuple polonais, — frères, ce n'est pas nous!

VII.

AUX POLONAIS.

La justice de Dieu, qui règle nos destins,
Garde éternellement le remords pour le crime,
Et prépare en secret la mort des assassins
Quand elle ne veut pas délivrer la victime.
Malheur aux conquérans d'une faible nation,
Qui se font les bourreaux d'ennemis privés d'armes;
Ils porteront du ciel la malédiction
      Dans l'exil et les larmes.

Fugitifs orphelins sauvés de l'ennemi,
La France aura pour vous des retraites plus sûres.
Votre nom est pour nous le nom d'un peuple ami.
Venez à nos foyers pour panser vos blessures.
Nous écrirons pour vous l'histoire de vos rois.
Nous redirons les chants où votre valeur brille,
Et chez les fils de ceux qui virent vos exploits,
    Soyez de la famille.